1904 Avril. 27

Vente des Mercredi 27 et Jeudi 28 Avril 1904
HOTEL DROUOT, SALLE N° 10
A DEUX HEURES PRÉCISES

GRAVURES DU XVIIIᵉ SIÈCLE
FRANÇAISES ET ANGLAISES

DESSINS, PASTELS, TABLEAUX
ANCIENS ET MODERNES

OBJETS DE CURIOSITÉ
PAIRE DE BUIRES BRONZE PATINÉ ET DORÉ, DE L'EMPIRE
Attribuées à THOMIRE

COMMISSAIRE-PRISEUR

Mᵉ MAURICE DELESTRE, 5, rue Saint-Georges

EXPERTS

MM. PAULME & B. LASQUIN Fils
10, rue Chauchat   12, rue Laffitte

EXPOSITION PUBLIQUE
Le Mardi 26 Avril 1904, de 1 heure 1/2 à 6 heures

IMPRIMERIE DEL ART

CATALOGUE

DES

GRAVURES ANCIENNES ET MODERNES

En noir et en couleurs

DES ÉCOLES FRANÇAISE ET ANGLAISE DU XVIIIᵉ SIÈCLE

ORNEMENTS

DESSINS, AQUARELLES, GOUACHES

TABLEAUX ANCIENS ET MODERNES

Œuvre importante de GÉROME

OBJETS DE CURIOSITÉ

FAÏENCES ET PORCELAINES ANCIENNES DE CHINE. DELFT, ROUEN, ETC.

MINIATURES — BONBONNIÈRES — ÉMAUX

BRONZES D'ART ET D'AMEUBLEMENT

PAIRE DE BUIRES EN BRONZE, PATINÉ ET DORÉ, DE L'EMPIRE, ATTRIBUÉS A THOMIRE

PENDULES, FLAMBEAUX, LUSTRE, OBJETS EN FER

MEUBLES ANCIENS, TAPISSERIES

APPARTENANT A M. B***

Et à Divers

DONT LA VENTE AURA LIEU

HOTEL DROUOT, SALLE N° 10

Les Mercredi 27 et Jeudi 28 Avril 1904

A DEUX HEURES

COMMISSAIRE-PRISEUR	EXPERTS
Mᵉ **MAURICE DELESTRE**	MM. **PAULME** et **B. LASQUIN FILS**
5, rue Saint-Georges	10, rue Chauchat | 12, rue Laffitte

EXPOSITION PUBLIQUE

Le Mardi 26 Avril 1904, de 1 heure 1/2 à 6 heures

CONDITIONS DE LA VENTE

Elle sera faite au comptant.

Les acquéreurs paieront *dix pour cent* en sus des prix d'adjudication.

L'exposition mettant le public à même de se rendre compte de l'état et de la nature des objets, il ne sera admis aucune réclamation une fois l'adjudication prononcée.

ORDRE DES VACATIONS

Le Mercredi 27 Avril 1904

Gravures anciennes et modernes . . . . .   1 à 82
(On suivra l'ordre numérique.)

Le Jeudi 28 Avril 1904

Dessins, Aquarelles . . . .   83 à 124
Tableaux anciens et modernes . . . . . .   125 à 151
Objets de curiosité. . . . .   152 à fin

Paris. — Imprimerie de l'Art. E. Moreau et Cᵢᵉ, 41, rue de la Victoire.

DÉSIGNATION

GRAVURES

ANCIENNES ET MODERNES
EN NOIR ET EN COULEURS

ORNEMENTS

1 — ALKEN (D'après). *Ipswich*, Weighing. — *New-market*, Training. Deux pièces, en forme de frises, en couleurs. Encadrées.

2 — BAUDOUIN (D'après). *Le Soir*, par de Ghendt. Marges.

3 — BAUDOUIN (D'après). *Marton-Perrette*. Deux pendants. Très belles épreuves. Marges.

4 — BAUDOUIN et LOUTHERBOURG (D'après). Trois pièces en noir.

5 — BENAZECH. *Le Prix de l'agriculture.* — *Le Couronnement de la rosière.* Deux pièces en couleurs, faisant pendants.

6 — BENAZECH. Les mêmes estampes. Sans marges.

7 — BOILLY (D'après L.). *La Comparaison des petits pieds.* Ovale en réduction. Imprimée en couleurs. Marges.

8 — BOILLY (D'après L.). *La Précaution. — La Solitude.* Deux pendants, imprimés en couleurs, par Tresca. Marges.

9 — BONNET (L.). *A Beau cacher. — Le Bon logis.* Deux pendants, d'après Le Clerc. Marges.

10 — BONNET et DEMARTEAU. Sanguines d'après Boucher, Houel, etc. Vingt-cinq pièces.

11 — BOUCHER (F.). Eaux-fortes originales et une pièce, par Ingram. Ensemble, quatre pièces.

12 — BOUCHER (D'après F.). Deux pièces, faisant pendants ; et *La Clochette,* d'après Le Mesle. Ensemble, trois pièces.

13 — BOUCHER et HUET (D'après). Sept pièces, à la sanguine, par Bonnet, et autres. Marges.

14 — CANOT (D'après). *Le Maître de danse,* par Le Bas.

15 — CHALLE (D'après). *Le Panier renversé,* par Buisson. Épreuve imprimée en couleurs. Remargée.

16 — DAVIS (D'après). *The Chase. — Hunting in cover. — Going out.* Trois pièces, en couleurs, par Sutherland. Encadrées.

17 — DEBUCOURT. *Le Jour de barbe d'un Charbonnier*, d'après C. Vernet. Imprimée en couleurs. Marges.

18 — DEBUCOURT. *La Femme et le Mari.* Belle épreuve, avec marges.

19 — DEBUCOURT. *Le Chasseur. — Le Chasseur au tirer* (avant la lettre). — *Le Retour du chasseur.* Trois pièces, d'après C. Vernet. Encadrées.

20 — DEBUCOURT. *Cheval qu'on bouchonne au retour d'une course. — Cheval de retour de la chasse.* Deux pièces, d'après Carle Vernet. *Avant la lettre.* Encadrées.

21 — DEBUCOURT. *Le Chasseur.— Le Départ du chasseur. — Le Chasseur au tirer. — Le Retour du chasseur.* Quatre pièces, d'après C. Vernet. Marges.

22 — DEBUCOURT. *Le Départ du chasseur*, d'après C. Vernet. Marges.

23 — DEMARTEAU (G.). D'après Boucher, Pierre, etc. Treize pièces : N°s 5, 49, 118, 119, 121, 122, 123, 131, 146, 166, 173, 186, 190.

24 — DEMARTEAU (G.). *Allégorie*, d'après Cochin (N° 194), avant lettre. Marges.

25 — DEMARTEAU (G.). D'après Boucher, Fragonard, etc. Douze pièces : N°s 191, 202, 223, 230, 232, 233, 235, 247, 251, 269, 290, 308.

25 — DEMARTEAU (G.). D'après Boucher, Le Prince, etc.
Douze pièces : Nos 316, 387, 388, 389, 412, 414, 415,
432, 541, 560, 581, 595.

27 — DEMARTEAU (G.). *La Laitière*, d'après Huet (No 407).
Superbe épreuve. Marges.

28 — DEMARTEAU (G.). *Pastorale*, d'après Huet (No 584).
Épreuve imprimée en couleurs.

29 — DEMARTEAU (G.). *Le Berger* (No 508). Imprimée
en couleurs.

30 — DEMARTEAU (G.). *La Marchande de légumes. — Le
Repos champêtre* (Nos 363-364). Deux pendants.
Sanguines. Marges.

31 — DENNEL. *La Vertu irrésolue*, d'après Lebrun, avant
lettre. Marges.

32 — DESCOURTIS. *F.-L. Wilhelmine de Prusse*. Très
belle épreuve en couleurs. Rare.

33 — DESCOURTIS. *F.-S. Wilhelmine de Prusse*. Très
belle épreuve en couleurs.

34 — ÉCOLE ANGLAISE DU XVIIIe SIÈCLE. *Slave trade. —
African hospitality*. Deux pendants.

35 — ÉCOLE FRANÇAISE DU XVIIIe SIÈCLE. Cinq pièces aux
trois crayons, par Bonnet, Demarteau, etc.

35 — ÉCOLES FRANÇAISE ET ANGLAISE. Quatre pièces, imprimées en couleurs.

37 — FEUCHÈRE (J.). *Daumier*. — *Préault*. Deux lithographies, avec envoi à « son ami Bonvin. »

38 — GÉROME (D'après). *Le Duel de Pierrot*. Épreuve avant la lettre, avec envoi du maître.

39 — GILLOT (D'après). *Fêtes des Dieux*. Suite de quatre pièces, par de Larmessin. Marges.

40 — GRAVURES ANCIENNES. Dix pièces, d'après Pierre, Lallemand, etc.

41 — GRAVURES ANCIENNES. Dix-neuf pièces, d'après Houël, Veronèse, Pannini, etc.

42 — GRAVURES ANCIENNES. Douze pièces, d'après Coypel, Pannini, Louis Moreau, etc.

43 — GREUZE (D'après). *Le Tendre désir*, par Massard. Très belle épreuve avant lettre. Marges.

44 — GREUZE (D'après). *La Voluptueuse*, par Gaillard. Belle épreuve. Marges.

45 — HENDERSON (D'après). Deux pendants en couleurs. Sujets de Mail-Coach.

46 — HERRING (D'après). Portraits de chevaux de courses : *Mameluck, Memnoy, The Colonel, Bessy Bedlam. Cobweb*. Six pièces en couleurs encadrées.

47 — HOPPNER (D'après J.). *The Setting sun*, par Young. Superbe épreuve en manière noire. Marges.

48 — Huet (D'après J.-B.). *L'Amant écouté. — L'Éventail cassé*. Deux pendants, par L. Bonnet. Imprimées en couleurs. Marges.

49 — Huet (D'après J.-B.). *L'Amour couronné par les Grâces. — Les Grâces enchaînées par l'Amour*. Deux pendants ovales, par Chaponnier, en bistre. Toutes marges.

50 — Lami (Eug.). *Lanciers*. Lithographie rehaussée.

51 — Lancret (D'après N.). *L'Air. — L'Eau. — Le Feu. — La Terre*. Suite de quatre pièces très belles.

52 — Lancret (D'après N.). *Le Printemps. — L'Automne. — Le Midi. — La Servante justifiée*. Quatre pièces, par de Larmessin. Marges.

53 — Lawrence (D'après N.). *Le Lever des ouvrières en modes*. Réduction in-4º à l'eau-forte anonyme (non décrite). Marges.

54 — Lithographies de *Daumier, Gavarni*, etc. Provenant de journaux illustrés.

55 — Morland (D'après G.). *A Rural feast*, par Dean. Épreuve imprimée en couleurs.

56 — Morland (D'après G.). *Dogs dancing. — Guinea pigs*. Deux pièces, par Levilly.

57 — Morland (D'après G.). Deux pièces imprimées en couleurs, faisant pendants.

58 — MORLAND (D'après G.). *Trepanning a recruit. — Recruit deserted. — Deserter taking leave of his wife. — Deserter pardon'd.* Suite de quatre pièces rares, par Keating.

59 — MORLAND (D'après G.). *Children bird-nesting. — Blind mans buff.* Deux pendants, par Ward.

60 — MORLAND (D'après G.). *Guinea pigs*, par Gaugain. Belle épreuve.

61 — MORLAND (D'après G.). *La Visite à la nourrice.* Petite pièce ronde en couleurs, sur satin.

62 — MORLAND? (D'après G.). *Market woman.* Épreuve avant la lettre. Marges.

63 — MORLAND et BIGG (D'après). *A Tea Garden. — Anglers repast*, etc. Quatre pièces, de l'École anglaise.

64 — NAPOLÉON (Pièces relatives à). Portraits, caricatures, pièces historiques. (Sera divisé.)

65 — NUTTER. *The Moralist*, d'après Smith. Épreuve en couleurs.

66 — PARIZEAU. *Henri IV chez le meunier.* Estampe gravée en couleurs.

67 — PARROY (Comte de). *Caverne de brigands*, d'après Defrance. En bistre, avant lettre. Marges.

68 — POLLARD (D'après). *Easter hunt. — Fox hunting.* Deux pièces en forme de frises, par Dubourg. Encadrées.

69 — Regnault. *Le Matin* (avant lettre). — *La Nuit*. Deux pendants. Marges.

70 — Reynolds et autres (D'après). Portraits à la manière noire. Trois pièces.

71 — Richter (D'après H.). *The Village school*, par C. Turner.

72 — Russell et Miller (D'après). *Animal affection. — Favourite rabbit*, etc. Quatre pièces en couleurs.

73 — Saint-Aubin (Aug.). *Comptez sur mes serments. — Au moins soyez discret.* Deux pendants. Marges.

74 — Schiavonetti. *The family Happiness*, d'après Cosse. Épreuve en couleurs.

75 — *Sujets de chasse.* Deux lithographies coloriées. Encadrées.

76 — Vernet (D'après H.). *Le Trompette. — Le Chien du Régiment. — Premier Hussard. — Bivouac du 3e Hussard.* Quatre pièces.

77 — Watson (J.). *Miss Lascelles*, d'après Cotes. Beau portrait en manière noire. Marges.

78 — Watteau (D'après Ant.). *Figures françaises et comiques*, inventées par M. Watteau. Douze pièces, dont un titre. In-8°. Marges.

79 — Watteau (D'après Ant.). *La Marmote*, par Audran. Marges.

80 — WESTALL (D'après). *Innocent Mischief. — Innocent revenge.* Deux pendants.

81 — GRAVURES ANCIENNES ET MODERNES, non cataloguées.

82 — Sous ce numéro, seront vendues en lots une grande quantité de gravures, lithographies, eaux-fortes, etc., portraits, paysages, sujets de genre et un grand nombre d'estampes anciennes relatives à l'ornementation et à la décoration.

DESSINS, AQUARELLES
CRAYONS
ANCIENS ET MODERNES

83 — ANDRIEUX. *Homme couché.* Aux crayons de couleurs. Signé.

84 — ANDRIEUX. *Bataille de Fontenoy.* Aquarelle signée.

85 — *Aquarelles,* d'après les fresques antiques. Six pièces encadrées.

86 — AUDY (J.). *Sujets de Courses;* trois aquarelles.

87 — BENASSIT (E.). *Cavalier et Incroyables.* Au crayon, signé.

88 — BONVIN (F.). *Feuille de croquis.* Signé et daté. *Étretat 52.*

89 — BONVIN (F.). *Le Soir.* Plume et lavis. Signé.

90 — Bonvin (F.). *Tête de femme en bonnet.* Signé et daté.

91 — Boucher (F.). *Arabesques.* Deux dessins au crayon sur montures anciennes.

92 — Budin (F.). *Marine.* Aquarelle signée.

93 — Carpeaux. Cinq dessins au crayon, en deux cadres.

94 — Chaplin (Ch.). *Anges.* Sanguine signée.

95 — Chaplin (Ch.). *Enfant à la Cage.* Aux crayons de couleurs. Signé.

96 — Dessins anciens. Quatre pièces de l'École hollandaise.

97 — Dessins anciens. Quinze pièces. Paysages, etc., de l'École hollandaise.

98 — Dessins anciens. Dix-sept dessins, plume, sanguine, lavis, des Écoles hollandaise, flamande et italienne.

99 — *Dessins anciens et modernes* (Seront vendus en lots.)

100 — Desrais. *Sujet galant.* Ovale à la plume et sépia.

101 — Donzel (Ch.). *Paysages;* trois dessins et aquarelles.

102 — Duplessis. Suite de treize dessins à la sanguine, dont un frontispice : vases, buires, etc. ; dédiée à S. E. M^r. Dutillot.

103 — Dupré (J.). *Paysage et Animaux*. Signé des initiales J. D.

104 — École française du XVIIIe siècle. *Cour de ferme*. Plume et sépia.

105 — École française du XVIIIe siècle. *Sujet pastoral*, dans le goût de Watteau. Aux trois crayons.

106 — École française du XVIIIe siècle. *Portrait de Femme*, en vestale. Aux crayons de couleurs.

107 — Flandrin (P.). *Sujets militaires*. Deux dessins à la plume.

108 — Fragonard (H.). *L'Enlèvement des Sabines*. Important dessin à la sépia, de belle qualité.

109 — *Gouache* d'éventail à sujet galant et petite gouache sur vélin. XVIIIe siècle.

110 — Goyen (Van). *Ville de Hollande*, figures, rivière et bateaux. A l'encre de Chine.

111 — J. D. *Étude d'arbre*. Au crayon noir, daté : 1828.

112 — Jacques (Ch.). *L'Oiseau mort*. Crayon et lavis. Signé.

113 — Johannot (T.). Dessin signé du monogramme.

114 — Jongkind (Attribué à). *Paysage hollandais*. Plume et lavis.

115 — Langendyck (D.). *La Parade.* Joli dessin à la plume, rehaussé d'aquarelle, avec de nombreuses figures. Signé et daté.

116 — Leloir (Maurice). *La Rencontre.* Plume et encre de Chine. Signé.

117 — Michel (Ch.). Deux aquarelles signées.

118 — Milder. *Le Modèle.* Plume, crayon et aquarelle.

119 — Oudry (Genre d'). *La Conversation,* Lavis et blanc. Cadre ovale bois doré.

120 — Pollet (V.). *Les Quatre saisons,* d'après P. Prud'hon. Suite de quatre dessins aquarellés. Encadrés.

121 — Raffet. Groupe de personnages agenouillés. Croquis à la mine de plomb.

122 — Vernier (E.). *Marine.* Aquarelle signée.

123 — Vinkelès. *Revue passée par Napoléon* au Champ de Mars. 1805. Aquarelle.

124 — Sous ce numéro, quelques dessins non catalogués.

TABLEAUX, PASTELS
ANCIENS ET MODERNES

125 — ABBEMA (Louise). *Sur la Plage*. Esquisse signée et datée.

126 — ARUS (R.). Cavalier au galop. Bois.

127 — ATALAYA. Mousquetaires à l'écurie. Bois. Signé.

128 — BEAUQUESNE (De). *Intérieur de Cabaret, avec militaires*. Signé et daté de 1887. Toile.

129 — BOILLY (L.). *Jeune Femme debout devant sa toilette*. Toile.

130 — BUZZI (A.). *Vénitienne*. Panneau. Signé.

131 — CHAPLIN (Ch.). Cour d'une maison dans le Midi. Peinture sur papier. Signée.

132 — COYPEL (Attribué à). *Composition allégorique*. Esquisse peinte.

133 — DAUBIGNY. *Paysage*. Esquisse sur panneau. Signée.

134 — DUPRÉ (J.). Paysage. Signé.

135 — DUVIEUX. *Arabes au repos*. Deux pendants. Sur bois.

136 — ÉCOLE FRANÇAISE du XVIIIᵉ siècle. *Femmes au bain*. Toile.

137 — ÉCOLE HOLLANDAISE. Marine. Toile.

138 — ÉCOLE HOLLANDAISE. Le Forgeron. Peinture sur bois.

139 — ÉCOLE MODERNE. *Plafond*, sujet allégorique de forme ronde équarrie. Toile.

140 — FEYEN-PERRIN. *Nymphe dans un paysage*. Pastel.

141 — GEROME. Portrait de Mlle *Duverger*, dans le rôle de l'Aventurière. Importante toile. Signée.

142 — GUDIN (Th.). Marine. Signée.

143 — ISABEY (Eug.). Petit Port de mer. Esquisse sur toile. Cachet de la vente.

144 — LE BRUN (D'après). Sujet tiré de l'histoire d'*Alexandre*. Cuivre. Cadre en bois sculpté.

145 — MAJOUX (L.). Moine, debout, lisant. Bois.

146 — MULLER (C.-L.). Portrait de Mlle *Duverger*. Pastel de forme ovale. Signé.

147 — PROTAIS (A.). *Sous bois*. Étude. Avec cachet de la vente.

148 — STEEN (Genre de). Intérieur hollandais avec personnages jouant et buvant. Bois.

149 — TENIERS (Attribué à). *Auberge et paysans*. Fond de paysage. Panneau.

150 — VAN HUYSUM. *Fleurs et fruits*. Panneau. Signé.

151 — Sous ce numéro quelques tableaux non catalogués.

OBJETS DE CURIOSITÉS

FAIENCES, PORCELAINES, ÉMAUX
MINIATURES, BRONZES, PENDULES
MEUBLES ANCIENS
TAPISSERIES ANCIENNES, ETC.

152 — *Plat rond*, porcelaine de Chine.

153 — *Vase*, en céladon craquelé, orné d'applications en laque ; autre vase avec couvercle. Chine bleu.

154 — *Deux bols*, porcelaine de Chine.

155 — *Bouteille*, en faïence de Delft, décor bleu à chinois.

156 — *Bouteille* à double renflement, en faïence de Delft, à décor analogue.

157 — *Deux autres bouteilles*, à panse et évasement au col, en faïence de Delft, de décors différents.

158 — *Porte-huilier* avec ses burettes, en faïence de Delft, à décor bleu.

159 — Coupe et couvercle, faïence de Delft, décor bleu.

160 — Deux *plats ronds*, en faïence de Delft ; plat en Strasbourg, à fleurs.

161 — *Plaque* en ancienne faïence de Delft, à décor de paysage, cours d'eau et bateau.

162 — *Cuvette* de bidet, en ancienne faïence de Rouen.

163 — *Ecuelle* avec couvercle et plateau, faïence de
Sceaux, décor à bluets.

164 — *Bol*, en faïence de Strasbourg, à fleurs ; *Vase*,
porcelaine de Paris, à fleurettes.

165 — *Grande Pendule*, en biscuit à sujet allégorique :
figure de femme debout avec amours, au pied d'un
rocher, dans lequel est fixé le mouvement, de style
Louis XVI.

165 *bis* — *Grande Statuette* de femme drapée, en ancienne
porcelaine tendre, décorée en couleurs.

166 — *Deux petits groupes* de deux enfants, en terre
cuite. Esquisses.

167 — *Miniature* : Portrait d'homme.

168 — *Deux Miniatures* : Portraits de femmes, l'une est
dans un écrin décoré au vernis.

169 — *Miniatures* : Portraits d'hommes et de femmes.
Époque Louis XVI.

169 *bis* — *Quinze Miniatures anciennes :* Portraits d'hommes et de femmes. Époque Louis XVI, Empire et
Restauration.

170 — *Petite Bonbonnière* Louis XVI, en ivoire ; boîte
ovale, avec dessous en ivoire gravé, avec devise ;
dessus de boîte, ivoire gravé, figure d'évêque.

171 — *Petite Gouache* représentant une fête foraine, avec parade et nombreux petits personnages.

172 — *Médaillon* ovale : bas-relief en ivoire sculpté, du xviiie siècle, et dessus de boîte en ivoire gravé et peint à sujet de paysage.

173 — *Deux petites gouaches* rondes, genre Teniers.

174 — Sous ce numéro, deux médaillons peints au vernis, dont l'un représente un intérieur villageois.

175 — *Trois médaillons* en émail. Sujets religieux. Époque Louis XIII.

176 — *Quatre médaillons.* Bustes de profil d'empereurs romains. Émaux du xviie siècle.

177 — *Briquet* à pierre en fer gravé et damasquiné Louis XIII.

178 — *Coffret* Louis XIII et étrier en fer.

179 — *Coffret* Louis XIII, écaille garnie argent.

180 — *Coffret* en fer gravé Louis XIII.

181 — *Clé, cachet* et *étuis* en fer. Quatre pièces.

182 — Dague en fer ouvragé de l'Époque de Louis XIII.

183 — Poignard à manche, formé d'un squelette d'homme en bronze ; gaîne en cuir.

184 — Autre poignard ancien à manche de corne ; garnie
en maroquin rouge.

185 — Couteau à ressort, manche en corne et cuivre.

186 — *Couteaux* et fourchettes avec manches en corne
verte, et appliques en métal. Quatorze pièces.

187 — Deux épées.

188 — *Coffret* persan peint au vernis et un autre en bois
sculpté.

189 — *Porte-cartes, cendrier* et *porte-cigarette,* argent.

190 — *Gaîne* garnie d'argent repoussé et gravé, renfermant deux petits couteaux à manche d'ivoire et argent.

191 — *Bénitier* bois sculpté doré avec médaillon peint.

192 — *Deux statuettes* en bois sculpté : Anges agenouillés
portant un flambeau. xvie siècle.

193 — Petite vitrine plate renfermant des *divinités égyp-
tiennes.* Environ cent pièces.

194 — *Petits bronzes* et *terres cuites,* antiques. Sept
pièces.

195 — Deux *porte-montres,* bronze doré.

196 — *Deux plats* en cuivre, avec médaillons au centre.

197 — *Plat* en cuivre repoussé : Adam et Eve, avec ins-
cription.

198 — *Deux petits bronzes :* Faisan, par Cain, et Rat, par Valton.

199 — Porte-allumettes, formé d'un chiffonnier près de sa hotte, bronze patiné.

200 — Groupe en bronze patiné : *La Leçon de flûte de pan.* Socle marbre.

201 — Statuette de *Soldat de l'Empire.* Bronze, par Frémiet.

202 — Deux bronzes à patine brune : *Mercure*, d'après Jean de Bologne, et *Renommée.*

203 — *Petite pendule* Louis XV, formée d'un bœuf supportant le mouvement sur socle enguirlandé. Bronze doré.

204 — *Pendule-cartel* du temps de Louis XV, en bronze ciselé et doré. Modèle à feuillages et rocailles. Mouvement de *Ferd. Berthoud, à Paris.*

205 — *Pendule Empire* en bronze doré : jeune femme et ustensiles figurant l'*Astronomie.*

205 *bis* — *Paire de buires* du temps de l'Empire, en bronze patiné, avec anses, collerettes, mascarons, panses à godrons et piédouches en bronze finement ciselé et doré; socles en marbre. ¡Travail attribué à Thomire.

206 — *Paire de flambeaux* à deux lumières, de style Louis XVI. Bronze ciselé et doré.

207 — *Paire de girandoles*, de style Louis XIV, à quatre lumières, en bronze doré et cristaux.

208 — *Petit lustre* à huit lumières en bronze doré et cristaux.

209 — *Bureau-ministre* en bois noirci.

210 — *Cartel-applique* en noyer, à colonnettes, avec mouvement et motifs en cuivre.

211 — *Table du temps de Louis XIII*, à pieds torses et pendentifs.

212 — *Meuble à deux corps* et couronnement en noyer du *temps de Louis XIII*, entièrement sculpté de cariatides, mascarons, entrelacs, guirlandes de feuillages, etc.

213 — *Table-toilette*, dite poudreuse, du temps de Louis XV, en marqueterie de bois de couleurs, à motifs de paysages.

214 — *Meuble d'entre-deux*, à hauteur d'appui, ouvrant à deux portes, en bois de rose et palissandre. Il est orné de bronzes rapportés, tels que chutes à mascarons et à draperies, rosaces, entrées de serrures, etc. Époque Louis XVI.

215 — Fragment de bordure de *tapisserie d'Aubusson*, motif à feuillage, fleurs et rinceaux.

216 — Fragment de bordure de *tapisserie des Gobelins*, formant lambrequin de fenêtre, motif à feuillage courant et fleurs de lis aux angles. xviiie siècle.

217 — *Tapisserie-portière*, à sujet de *Marine*, avec personnages. xviiie siècle.

218 — Sous ce numéro, les objets de curiosités non catalogués.

Vte Deltiel 1 fev.
acheter Abel Faivre f. étendu
Savarin Le Baton de Vieillesse
Voir Tête a tête (le Sculpteur) mem
derci -
Scènes de la Vie Intime Préface.
C'est à mari ici -
Voir Sergent Marceau Travaux
du Champ de Mars.
Hogarth L'oeuf de C Colomb.
Millet La Tricoteuse
Pissarro Paysage — 14^x
J. Dupré 45.^x

Roussfelle   Seen A. Bosse.
Caniers - Hyppocra
Guerleyga Vinerde Parin
Matterta franco Berlin (nombre de collection
Nepala
Ec flande Cuisinier (Musée de Bruxelles)

Abraham Genoels _ Paysage _
Guillaume Courtois ??
A. Carrache. Mise au tombeau
Celui Sami au Tintoret . La nativité

Château a Merbllant 2e de Semaine .
Rothlen

BIBLIOTHEQUE
NATIONALE
DE FRANCE
****

CHATEAU
DE
SABLE
1996